VERS

A L'OCCASION DU MARIAGE

DE M. AUGUSTIN-LOUIS CAUCHY

AVEC

Mlle ALOÏSE DE BURE.

VERS

ADRESSÉS

A MADAME, DUCHESSE D'ANGOULÊME.

Princesse auguste et bien aimée,
Vous dont jamais la renommée
Ne pourra dignement célébrer les bienfaits;
O vous dont les François ont proclamé la gloire,
Et ne pourroient cesser de bénir la mémoire
Sans cesser d'être des François;
Ange de paix et d'espérance,
Astre dont la seule présence
Inspire toutes les vertus;
Vous dont la divine constance,
Ranimant dans Bordeaux les esprits abattus,
Fit trembler d'un regard la trahison armée;
Et, plus grande que nos malheurs,
Au sein de la France alarmée
Sut rallier des lis les sacrés défenseurs!

(4)

D'un de nos plus saints Rois sainte et noble héritière,

Daignez accueillir la prière

Que vous adressent en ce jour

Deux cœurs tout pénétrés de respect et d'amour.

Le Héros du Midi, le soutien de la France,

Celui dont la jeune vaillance

A laissé de si longs et si beaux souvenirs,

A bien voulu, Madame, exaucer nos desirs :

Et cette main qui, dans Valence,

Releva l'étendard de la fidélité,

A daigné consacrer notre félicité ;

Elle a daigné souscrire à l'hymen qui nous lie.

Vous mettriez le comble à nos vœux les plus doux,

Si le nom de Thérèse et celui de Marie

Étoient associés au nom de votre époux.

L'espérance, Princesse, est ici bien permise ;

Car les vœux de mon Aloïse

Pour son Dieu, pour son Roi, son immortel amour ;

Ces nobles sentiments dont son ame est éprise,

Sont ceux qu'elle a reçus en recevant le jour.

Sucés avec le lait, et transmis d'âge en âge,

Ils sont de ses aïeux tenus en héritage.

Des charmes innocents auxquels, pour mon bonheur,

    Je n'ai pu refuser mon cœur,

Voilà ceux qui, fixant l'amour qu'elle m'inspire,

Lui donnent sur mon ame un si puissant empire ;

Et si, pour mériter vos royales bontés,

    Il suffit que l'on soit, comme elle,

A sa religion, à ses princes fidèle,

Aussitôt que nos vœux vous seront présentés,

J'en suis certain, Madame, ils seront écoutés.

A. L. CAUCHY.

I.

Air: *Des Folies d'Espagne.*

D'un tendre fils au dieu de l'hyménée
Recommandant les intérêts un jour,
Je le priois d'unir sa destinée
A quelque objet digne de son amour.

Vois, dit le dieu, se presser sur ma trace
Mille beautés dociles à mes lois;
Que te faut-il? talents, esprit et grace,
Beauté, vertu: qui fixera ton choix?

Sans la vertu, dis-je au fils d'Uranie,
Qui peut jamais espérer le bonheur?
Sans les talents, comment remplir la vie?
Et sans esprit comment toucher le cœur?

Pour la beauté, je connois qui s'en passe,
Mais dans ma bru je la voudrois encor:
Cette beauté, qu'est-elle sans la grace?
Daigne à tes dons ajouter ce trésor.

Tu voudrois tout; mais où trouver ensemble,
Reprit le dieu, ce qu'ensemble tu veux?
Je crois pourtant, regarde, que t'en semble?
Je crois qu'ici rien ne manque à tes vœux.

Lors à ma vue il découvre Aloïse.
Ah! dis-je, hymen, si, grace à tes bienfaits,
Telle espérance à mon fils est permise,
J'obtiendrai plus que je ne demandois.

CAUCHY père.

II.

Si jamais il fut dans ma vie
Un doux moment, un heureux jour,
C'est bien celui, ma douce Amie,
Où tu m'accordes ton amour.

Dieu vient de consacrer lui-même
L'hymen qui comble tous mes vœux.
Sa douce loi veut que je t'aime,
Ah ! c'est m'ordonner d'être heureux.

Oui, si jamais un vœu sincère
S'échappa du fond de mon cœur,
C'est de réussir à te plaire,
C'est de suffire à ton bonheur.

C'est qu'une vive et douce flamme,
Sans cesse unissant nos desirs,
Nous n'ayons qu'un cœur et qu'une ame,
Mêmes vœux, et mêmes plaisirs.

Mais je ne saurois satisfaire
A l'amour que tu veux de moi,
Si, pour aimer ta tendre mère,
Je ne m'unissois avec toi.

Qu'elle accepte ici mon hommage :
C'est bien à moi de la chérir ;
Car, ce qu'elle aimoit davantage,
D'elle je viens de l'obtenir.

A ton père, à ceux que te lie
Une douce et tendre amitié,
J'offre la mienne, et les supplie
Qu'avec toi je sois de moitié.

Je t'aimerai, ma tendre amie,
Jusques au dernier de mes jours ;
Et, puisqu'il est une autre vie,
Ton Louis t'aimera toujours.

A. L. CAUCHY.

III.

Air : Du premier Pas.

Au premier jour d'un heureux hyménée,
Chantons gaiement la fête de l'amour,
Chante, ô Louis, l'aimable destinée
Que te promet l'aurore fortunée
    Du premier jour.

Le premier jour, quel époux à sa mie
Ne fait serment d'un éternel amour?
Ce doux serment est pour toute la vie :
Mais trop souvent il advient qu'on oublie
    Le premier jour.

De ton époux, douce et belle Aloïse,
N'auras à craindre un semblable retour.
T'aimer toujours ce sera sa devise,
Toujours Louis tiendra la foi promise
    Le premier jour.

Tes bons aïeux offrent à sa tendresse
Modèle heureux de constance et d'amour;

Pour eux, la paix d'une aimable vieillesse
Conserve encor cette douce alégresse
    Du premier jour.

Le premier jour fut aussi pour ta mère
Un doux signal de bonheur et d'amour;
Après vingt ans d'une union si chère,
Elle est encor comme l'aimoit ton père
    Au premier jour.

Le premier jour que ton œil vit éclore,
De tes parents a couronné l'amour;
Tendre amitié leur promit ton aurore;
Mais à Louis il promet plus encore
    Le premier jour.

Le premier jour à son ame ravie
Offre l'espoir d'un aimable retour;
Pour lui, ma sœur, chaque instant de ta vic
Rappellera la mémoire chérie
    Du premier jour.

ALEXANDRE CAUCHY.

IV.

Voulez-vous que du mariage
Je vous soumette le budget?
Vingt ans d'amour; pas davantage :
D'amitié trente : accordé net.
D'enfants en tout point votre image,
Je vote un couple aimable et beau.
Et pour les soucis du ménage,
Tout bien compté, je mets zéro.

Ma cousine, en ces nœuds prospères,
Quel bonheur pour vous je prévois !
Vous gagnez une sœur, des frères,
Et des parents de votre choix.
Amour d'une double famille,
Vous cumulerez sans débats,
Heureuse épouse, heureuse fille,
Le bonheur de ces deux états.

En vos connoissances profondes,
Mon cher cousin, j'ai grande foi ;

Mesurer les cieux et les mondes
N'est qu'un jeu pour vous, je le croi,
Mais d'Aloïse, en conscience,
Compter les vertus, les appas.
Ah ! pour l'honneur de la science,
N'essayez pas, n'essayez pas.

Entre deux cousines jolies,
Graces au destin, je suis né ;
Au sort de ces têtes chéries
Mon sort entier est enchaîné.
Libre de toutes jalousies,
Et de leur bonheur confident,
Qu'elles soient toujours mes amies,
Je suis content, je suis content.

C. MAGNIEN.

A M. AUGUSTIN-LOUIS CAUCHY,

LE JOUR DE SON MARIAGE

AVEC MA COUSINE ALOÏSE DE BURE.

L'Hymen à ses élus ouvre une académie

Que protége Minerve, et préside l'Amour.

Jeune époux, que ces dieux accueillent en ce jour,

La déesse a déja couronné votre amie.

Vous devez donc goûter une félicité

Rarement accordée à l'humaine nature :

Les égards confiants, la foi, la volupté,

Vous en ouvrent la source inaltérable et pure.

Minerve vous sourit dès vos plus jeunes ans ;

Elle régla vos goûts, forma vos habitudes,

Vous plia sans effort à ses divins penchants,

Et hâta le succès de vos nobles études.

Mais aujourd'hui pour vous elle fait plus encor :

ALOÏSE est sur-tout l'objet de sa tendresse ;

Elle vous la confie, et vous livre un trésor

De douceur, de raison, de beauté, de sagesse.

P. DIDOT, L'AINÉ.

V.

Du premier jour j'ai chanté l'alégresse ;
Ce jour n'est plus, faut changer de refrain :
Vais vous chanter tant desirable ivresse,
Doux souvenirs, confiante tendresse
        Du lendemain.

Pour la Beauté n'est pas sans quelques larmes
Premier moment qui fixe son destin :
Mais plus d'un jour ne durent ses alarmes ;
Et de l'hymen on connoît tous les charmes
        Le lendemain.

Que pour Louis dut être fortunée
L'heure où d'hymen il forma le lien !
Combien il dut bénir sa destinée !
Mais qu'eût été cette heureuse journée
        Sans lendemain ?

Dans l'avenir l'homme toujours s'élance ;
Bonheur présent attire son dédain ;

Et n'est pour lui si douce jouissance
Que ne surpasse à ses yeux l'espérance
          Du lendemain.

Fuyez, époux, une telle folie,
Et du bonheur jouissez en chemin.
Mais, quand viendra le soir de votre vie,
Rassurez-vous, elle est encor suivie
          D'un lendemain.

ALEXANDRE CAUCHY.

VI.

Air : *Loin d'ici, sœurs du Permesse.*

De l'Amour aimable frère,
Des époux aimable roi,
Dont la Beauté la plus fière
Sans honte reçoit la loi,
Hymen, ma voix te réclame;
Viens de tes dons les plus doux
Couronner la vive flamme
De ces deux jeunes Époux :
  D'une innocente ivresse
  Transporte leur printemps;
Et que, triomphante du temps,
  Leur immortelle tendresse
Jusque dans ses derniers instants
Réchauffe l'hiver de leurs ans.

Tout ici te rend hommage,
Tout aime et bénit tes nœuds;
Dans un quadruple ménage
Tu n'as fait que des heureux :

A ta puissance adorable

Combien, ô dieu des époux,

Doit ce couple vénérable

Qui nous sert d'exemple à tous !

Ton innocente ivresse

Transporta leur printemps;

Plus d'un demi-siècle de temps

N'a pu glacer leur tendresse,

Qui par des feux toujours constants

Réchauffe l'hiver de leurs ans.

Sur de si parfaits modèles

Réglant leurs goûts, leur humeur,

Fils, fille, à ta loi fidéles,

Ont trouvé même bonheur:

D'amour, par ton entremise,

L'une a des gages nombreux;

L'autre, dans son ALOÏSE,

A vu combler tous ses vœux:

Ton innocente ivresse,

Charme de leur printemps,

Saura, triomphante du temps,

Charmer encor leur vieillesse,
Et jusqu'en ses derniers instants
Réchauffer l'hiver de leurs ans.

Tel fut aussi mon partage,
A moi qui depuis trente ans
De mes jours vois sans nuage
S'écouler tous les instants :
Tes dons parent ma famille;
Mais tu les couronnes tous,
Quand ALOÏSE est ma fille,
Quand LOUIS est son époux.
Viens de ta douce ivresse
Transporter leur printemps;
Et que, triomphante du temps,
Leur immortelle tendresse
Jusque dans ses derniers instants
Réchauffe l'hiver de leurs ans.

CAUCHY père.